AF362627

CATALOGUE

D'ESTAMPES

ANGLAISES & FRANÇAISES,

ET

LITHOGRAPHIES RARES,
PAR CHARLET,
L'Œuvre de M. Horace VERNET,

LE PLUS BEAU CONNU

Vignettes, Illustrations & Ouvrages à figures

DONT LA VENTE AURA LIEU

HOTEL DES COMMISSAIRES-PRISEURS
RUE DROUOT, N. 5

SALLE N° 5 BIS, AU PREMIER,

Le Vendredi 11 Avril 1856, heure de midi.

Par le ministère de **M. DELBERGUE-CORMONT,**
Commissaire-Priseur, rue de Provence, 8,

Assisté de **M. VIGNÈRES,** marchand d'estampes,
Rue de la Monnaie, n. 13, à l'entresol, entrée rue Baillet, n. 1,
chez lesquels se distribue le présent catalogue.

EXPOSITION PUBLIQUE

Le Jeudi 10 Avril 1856, de une heure à quatre heures.

PARIS
MAULDE ET RENOU

IMPRIMEURS DE LA COMPAGNIE DES COMMISSAIRES-PRISEURS
rue de Rivoli, 144.

—

1856.

ORDRE DE LA VACATION

On commencera à une heure très-précise.

Partie du n° 172, 39 et suite.
à 4 heures, n°ˢ 1 à 38. — CHARLET et H. VERNET.

CONDITIONS DE LA VENTE

Elle se fera au comptant.

Les acquéreurs paieront, en sus des enchères, cinq centimes par franc applicables aux frais.

8 1

5 50

7 50

12

50

6 50

12 50
____
175

CHARLET. Choix de pièces inédites et très-rares.

1 — Malheureux vous ne savez donc pas mourir !
Deux grenadiers, dont l'un est blessé à la jambe
droite, se tiennent embrassés. Pièce inédite, extrêmement rare, imp. de Lasterie.

2 — Marche d'une colonne, imp. de Lasterie,
prise de St-Jean d'Acre, avant l. l. 2 p.

3 — La vieille armée française, sapeur, voltigeur,
sergent de grenadiers porte guidon, 4 p. imp.
Lasterie, Delpech et Motte.

4 — Portrait de Napoléon en pied près d'un arbre
commencé, petite pièce attribuée à Charlet, extrêmement rare.

5 — Marchande de poisson en Angleterre, imp.
Hulmandel, très-rare.

6 — Les quatre mendiants, maraudeurs, départ
de Caspard l'avisé et autre, 4 p. des premiers
temps. Imp. de Delpech.

7 — Prisonniers Russes, Drapeau et prisonniers
Autrichiens ; Que dit-on ; Il faut en rire ; Ils s'en
vont ; 5 p. des premiers temps. Imp. de Delpech.

8 — Tambour-maître, grande tenue. Imp. de
Motte, ép. d'essai, pièce inédite devant faire
partie de la collection de l'infanterie de ligne,
extrêmement rare.

9 — Les consignés prenant les armes pour la
corvée du quartier. Imp. de Motte, extrêm. rare.

10 — Portrait de Napoléon au bivouac, il est vu de
face, les bras croisés et du feu près de lui, gr.
pièce, très-rare. Imp. de Motte.

11 Doucement la mère Michel; — C'est mon père;
— La boule de neige, 3 gr. pièces. Imp. Motte.

12 — St-Georges poursuivant la femme innocente
et persécutée, elle s'appuie sur John Bull qui se
rit de tous deux. Pièce très-rare, coloriée.

13 — Le pauvre diable; — Le jeune équilibriste,
pièce à la manière noire, 2 p., dont les pierres
ont été brisées. Imp. de Villain.

14 — Réjouissances publiques aux Champs-Élysées.
Imp. de Villain.

15 — Papa nanan!... Papa caca!...; 2 ép. dont
une 1re pensée différente inédite et très-rare.
Imp. de Villain.

16 — *Ne donnons pas à St-Pierre ce qui appartient
à César*, écrit sur le livre d'un vieillard solitaire
qui à la plume à l'oreille, pièce dans le goût de
la manière noire, inédite et très-rare.

17 — *Les Grottes d'Osselles*, pour le voyage dans
l'ancienne France, de M. le baron Taylor,
Franche Comté, Engelman.

175	
60	
41	
11	
6	
25	
2	50
3	50
4	
5	50
1	
334	50

1.50

334 50
  2

 16

 24

 30

 12

 29

 18

  6 50
—————
477 ..

18 — Pièces tirées du journal l'*Artiste*, croquis et
autres, 8 p.

19 — Suite de dessins à la plume, planches inédites.
1re pensée, enfant à cheval sur une grande
pierre, petit guérillas assis, très-grand guérillas
debout. soldat de la république appuyé contre un
tertre, son fusil non terminé, cavalier de la République, porte étendard, soldat Louis XV, le
fusil non terminé. 6 p. rares.

20 — Suite de dessins à la plume à l'usage des
élèves des écoles spéciales, etc. 1839—52 pl.
Paysages et figures, ép. sur papier de Chine,
tirage à 70 ex. seulement. Épuisé.

21 — Grandes études à la plume pour l'école Po-
lytechnique, Arabe à cheval, nègre armé d'une
pique sur un cheval nu. 2 p.

22 — Croquis à la manière noire, sujets dédiés à
Béranger. 5 p. avec les 1ers titres inédits; les
mêmes avec les seconds titres. 10 p.

23 — *La Marseillaise*, soldat déchirant les traités
de 1815. Pièce inédite, extrêmement rare.

24 — T'as beau regimber ? La réforme t'at-
teindra. Charretier parlant à son cheval, pièce
inédite et extrêmement rare. — Si les chevaux
s'entendaient, etc. Pièce publiée à la place de la
précédente. 2 p.

25 — Croquis à la plume, homme assis sur un
banc, son poing fermé posé sur le genoux droit,
pièce inédite. — Tombeau de Charlet par Bel-
langer. — L'avis du maître, colorié. 3 p.

26 — Costumes de la garde Impériale, 16 ép. d'essai avant les titres, une est double mais avec l. l. et le prospectus, en tout 18 p.

27 — Général Bonaparte en manteau à cheval, dernière lithog. de Charlet, terminée la veille de sa mort. Ép. d'essai avant l. l., cette pièce fait partie de la collection de la garde Impériale. Croquis 1re pensée du même portrait, le cheval àpeine esquissé, cette pièce très-rare n'a jamais été terminée. 2 p.

28 — Brevet curieux de la société des Frileux. Imp. de Villain.

29 — Études à l'estompe, la Lecture, le Mendiant. 2 p. ép. d'essais, gr. marg. rares.

30 — Titre d'un ouvrage non publié *Le maître de ceux qui n'en ont pas, ouvrage à la plume pour dessiner sans apprendre et sans savoir étudier. etc.* Pièce inédite, extrêmement rare.

31 — Grand paysage à l'eau-forte, vernis mol, p. d'essai inédite et très-rare.

32 — Eaux-fortes diverses, croquis, etc. 12 p. Superbes ép. d'essais.

33 **Charlet.** (D'ap.) Croquis inédits à la plume et autres. 22 p.

34 — Pièces de l'artiste, gravées par Reynolds et autres. 7 p.

35 **Raffet.** Retraite du bataillon sacré à Waterloo, pièce inédite, la pierre étant brisée, ép. chine.

477 ..
41
9
17

3   50

14

11

6   50

17

10

2

15   50
───────
6 2 3   50

629 50
1000 ..
____
1623 50

VERNET (Jean-Émile *Horace*), né à Paris, le 30 juin, 1789.

36 — Son œuvre, composé et dessiné sur pierre lithographique, les ép. sont de premier choix, ayant été échangées à plusieurs reprises par l'amateur, la plus grande partie de cet œuvre vient du portefeuille particulier de feu Madame Delpech, la presque totalité est grand papier avec les marges vierge, beaucoup sont avant la lettre et avec remarques particulières non décrites au catalogue Bruzard (1). Cet œuvre, le plus beau et le plus complet connu jusqu'à ce jour, est composé de :

    232 pièces différentes,

     12 pièces doubles avec différences,

     18 portraits de M. Horace VERNET.

      1 atelier   du même.

    263 pièces en tout.

(1) Nous avons suivis les nᵒˢ du catalogue Bruzard 1826, le seul existant de l'œuvre de M. H. Vernet, malgré son classement sans aucun ordre déterminé.

Nous allons noter seulement quelques pièces de remarques particulières.

— N° 10 Hussard à la porte d'un cabaret, 2 ép. l'une avant, l'autre avec le trait carré.

— — 13 Têtes du tableau du squelette de l'homme, ép. d'essai tirée avant la lettre et les n°ˢ non décrite et peut-être unique.

— — 16 Le saut de la chèvre, ép. grande marge, très-rare, avant la musique.

— — 22 Le commissionnaire, 2 ép. l'une avant la lettre non décrite, et l'autre avec l. l.

— — 28 Le général Schmitz mesurant des pierres, ép. peut-être unique, sur chine.

— — 49 Titre du maniement du sabre, très-rare.

— — 57 Portrait de Boyer, président d'Haïti, 2 ép. l'une avant et l'autre avec la lettre, très-rare.

— — 95 Portrait de M. Dupin. aîné, 2 ep. l'une avant l. l. et la retouche tirage à 7 ép. l'autre avec l. l.

— — 99 Scène historique aux environs de Barcelone, première pensée non terminée, très-rare.

— 103 Mohamed Ali Pacha à cheval, 2 ép. la première rare avec le mot *Croquis*, 2ᵉ ép. avec le mot *Dessin*, avec dédicace autographe signée du Comte de Forbin.

— — 114 Portrait de Madame Perregaux, en buste, extrêmement rare, avec l'inscription au dos de l'estampe,

— — 116 Portrait du petit Cyrus, à dix mois, fils du général Maurice Gérard, extrêm. rare.

— — 130 Turc et sa maîtresse, ép. gr. papier, très-rare avant la pierre brisée.

— — 178 Massacre des Mamelucks au Caire, 3 ép. une avant la lettre, une avec l. l. avant la retouche et une avec la retouche.

— — 179 à 197, La Henriade, 18 pièces, papier de Chine avant la lettre, et le n° 180, pièce inédite et très-rare, avec l. l., en tout 19 p.

— — 202 Le martyre de St-Valérien, croquis première pensée ébauchée, extrêm. rare.

— — 204 Portrait du général Foy, le second très-rare avec titre en lettres anglaises.

— — 206 Rendez-vous de chasse, petite pièce inédite, extrêm. rare, au bas :

En fin fond des forêts il est un chêne antique
dont le tronc dépouillé porte un nom historique,
c'est là qu'on s'assemblait aux chasses des aïeux ;
là s'assemblent encor les fils de leurs neveux.

— — 214 Le valet de limier allant au bois, pièce inédite et biffée.

— — 215 Le valet de limier en chasse, pièce inédite et non terminée, ces 2 pièces très-rares.

— — 218 et 219 Deux portraits différents de feu M. Bruzard.

— — 221 Les Osages, 2 ép., l'une très-rare avant H. V. et avec le casse-tête dans la main droite du chef. l'autre avec H. V. et le casse-tête effacé.

— — 223 Portrait de Pierre Guérin, peintre, avant l. l. et avec des essais de crayon au coin gauche en haut.

— — 226 Le garde Beuf, l'une avant et l'autre avec le filet d'encadrement, et *J.* lith. Delpech.

— — 227 Portrait du prince Gagarin, en pied, pièce inédite et rare, sur chine.

— — 228 Sépulcre de Raphaël, très-rare ép. tirée en Italie, *déchirée*, et une tirée à Paris, rare.

— — 229 Portrait de Brod. Musicien. par M. H. V. et L. Viardot.

— — Tête d'étude de cheval, n° 47 de la *Collection de chevaux* de tous pays, très-rare ép. avec la signature *H. V. Vernet*, sous celle de Carle Vernet.

37 **VERNET** (D'ap. H.). La Druidesse. portraits du général Foy, du duc d'Orléans et autres. 9 p. lithogr.

38 — Portraits de Napoléon, maréchal Gouvion St-Cyr. Batailles d'Hanau, Jemmapes. Valmy et autres. 12 p. grav. et lithogr.

1623 50
2

3 50
____
1629 ..

Rosse   Ferrand   Harduin

1629 ..

	Rosse	Ferrand	Harduin		
1 25					
1 75					
1 50					
6					
		2			
5					
2					
			1		
				2 50	Chanell
1					
2 50					
		3			
1650 10		5	1	2 50	

ESTAMPES par DIVERS.

39 Manière noire anglaise, général anglais et son état major dans l'Inde, et vue en Orient. 2 très-grandes pièces avant toutes l.

40 Paysages d'ap. Claude Lorrain et Berghem, grav. en Angleterre. 2 p. sur chine.

41 **R. Ackermann's** Yachting scraps. 6 p., belles Marines anglaises, coloriées.

42 **Allen**. D'ap. Stanfield, Chattam et Portsmouth. 2 p. sur chine.

43 **Aubry-Lecomte**. D'ap. Girodet, Danaé, très-belle ép. avant l. l. chine.

44 — D'ap. Girodet, têtes d'études de l'Ossian. 16 p.

45 **Beckwith** (H.), et autres, sujets de chiens de chasse et autres. 5 p.

46 **Bettelini** (P.) Groupe de Milon de Crotone. Grande et belle pièce.

47 **Blanchard**, père. D'ap. Murilio, St-Juste.

48 **Blery** (Eug.) A Fourvoirie, entrée de forêt et autres, etc., etc. 5 p. à l'eau-forte.

49 **Bromley** (J.) D'ap. Cooper, Cromwell et Rupert's standard. 2 p. manière noire.

50 **Burnet** (John). John Anderson my jo.

51 **Charlet**, croquis, Bruxelles société des beaux
arts, 12 p. le n° 8 manque.

52 **Colin**, d'après Géricault, fac simile de dessins,
d'écriture et le portrait, 8 p.

53 **Cousins**, d'après Laurence, Elisabeth com-
tesse Grosvenor.

54 **Decamps**. Corps de garde turc, eau forte et
place de l'Esbekich, par Marilhat, 2 p.

55 **Decamps** (d'après), par Soulange Tessier, le
Singe peintre, très-belle épreuve, grand papier
tirage à 25 épreuves.

56 **Decamps**. La Source arabe, par Eug. Leroux
incendie d'un quartier juif par Mouilleron, 2 p.
Belles ép.

57 **Dupont** (Henriquel). Jolie eau-forte croquis
du Cromvel d'ap. M Paul Delaroche, ép., sur
chine, grand papier rare.

58 **Granville**. Grandes pièces pour le journal la
Caricature, 4 p. et le Rêve, par Thomas, 6 p.
en tout, 10 p.

59 **Heath**. D'ap. Eug. Lami. The bal masque,
charmante pièce.

60 **Hedouin** (Ed.) d'apr. A. Leleu, le Mot d'ordre, eau-forte, ép. chine.

61 **Ingres** (d'ap. M.). La Chapelle sixtine, belle
ép. avant l. l., lithograp. par Sudré.

62 — Par Balze. Tête d'étude de jeune odalisque,
d'après le tableau du cabinet de M. de Fresne.
Belle ép. rare.

Hard.	Ferrand	Rosse	Lavigne	
2 50	1	5 ..		16 50
		54 ..		

... 8

3

.. 7 ..

3 75

3

2

1 25

.. 4

5 50

4. ~~~~

____

14 50   8   5 .   7 ..   1665 50

Ros	n° 17	60	portraits		1	
Benard		54	pièces		1	
Benard		45	portraits	Vignere	1	
Durand	Fin		grandjean		3	50
Ros	n° 16	88	artistes		3	75
Ros	n° 18	46	costumes		3	50
Ros	n° 15	60	portraits		2	..
Ros	n° 17	300	Vues		7	..
Lavigne		40	p. 2 album des artistes		2	50
Ros	n° 14	60	portraits		2	..
Ros	n° 26	105	portraits		4	..
Lavigne		24	Histoire naturelle &c		2	..
Benard		25	artist.	Vignere	4	50
Benard		00	Bois de Moisson		2	..
Ros	n° 2	25	portraits	Vignere	7	..
Ros	n° 1	12	g^ds portraits		2	75
Ros	n° 5	1..	g^d portrait		1	75
Benard			Bois sans nombre		3	50
Benard		25	Vignettes		2	..

— 0 ——————		49 ~~Denon~~ —————————		~~1 75~~
Ferraud		25	Vignettes	2 25
Ferraud		7	Denon et Lithog. Vignne	1 50
Ferraud		6	Costumes Vig.	1 ..
Ferraud		4	Bacchanales	1 25
Ros	n° 29	70	Portraits	1 ..
Ros	n° 10	48	Etudes	3 ..
Ros	n° 3	12	d° Portraits Vignne	2 50
Ros	n° 21	8	Vierges	2 75
Ros	n° 4	21	têtes d'Etudes	4 ..
Ros	n° 7	44	Portraits	2 50
Ros	n° 13	75	fac simile	1 ..
Ros	n° 23	15	Cartes	1 ..
Ros	n° 22	10	Cartes	1 ..
Lavigne		34	pièces artistes	3 25
Lavigne		38	P. artistes	4 ..

		Savigny	Rosse	Ferraud	Élard
1665	50	7	5	8	14 50
				2 50	
	1				
	2 50				
	1 50				
	1 75				
	2 25				
	5				
				1	
				3 50	
	1				
	1 25				
			1 25		
		9 50	6 25	15 ..	14 50
~~1665 25~~					
1679 25					

les 2

63 **Jollvard**. Essais à l'eau-forte, 7 p. sur chine.

64 **Kruger** (d'ap.). Le Porte étendart russe et un autre sur chine. Belle lithograp., par Jentzen.

65 **Langlois** du pont de l'Arche, etc., cathédrales de Rouen et autres, 7 p.

66 **Lawrence** et autres (d'ap.). Lady Peel, the sisters, etc., 4 p. anglaises.

67 — Master-Hope et autres, 5 p. anglaises.

68 — Master-Lambton, gravé par Geoffroy.

69 **Lewis**. D'ap. Bonnington, Sun-set et Plymouth, d'ap. Turner, 2 p.

70 **Lewis**. D'ap. Landseer, The Peregrine falcon.

71 Lithographies par Cogniet, Court, Gudin, Marlet, etc., etc., 20 p.

72 **Marlet**. Diners du vaudeville; Caveau moderne; Soupers de Momus, réunion de 11 portraits d'hommes de lettres faisant partie de ces réunions. Grande pièce rare, la pierre ayant été brisée.

73 **Massard** (R. U.). D'ap. Gérard, portrait de Louis XVIII, assis en manteau royal. Belle ép. encadrée.

74 **Mongez** (madame). Portrait du pape Pie VII. (Eau-forte faite par David), rare.

75 **Mouilleron**, d'ap. B. Martin, mort de Granet.

76 **Photographie** par Meyer. Adieux de l'Empereur à la reine Hortense, d'après le tableau de M. L. Lopez.

77 **Photographies** d'après nature et autres, 8 p.

78 **Posselwhite** (J.). La Contadina, d'ap. Furse. Belle ép.

79 **Prudhon**. Une Famille malheureuse, lithog. originale tirée de l'album. Belle ép. avant les retouches à la plume sur le lambris de la fenêtre.

80 **Prudhon**, 1811 (d'ap.). Par A. Lefèvre, 1825. Le Roi de Rome, enfant dormant, éclairé des rayons du soleil.

81 **Schnorr** (J.). Entrée de Frédéric Barberousse à Milan. Grande et belle estampe allemande.

82 **Vernet** (Carle). Chasses du duc de Berry à Verrières, Malmaison, etc., 3 p. dont 2 sur papier de couleur.

83 **Zieter** (J.). D'ap. H. Alken, scènes de Don-Quichotte, 2 p. grand in-4, avant l. l.

84 **Caricatures anglaises**, 9 p. et 3 cahiers, les courses d'Epsom, etc.

85 — Caricatures en couleurs, d'ap. C. Vernet et autres, 11 p.

86 — Dessins originaux de caricatures parisiennes, et suprême bon ton, 8 p. et 6 gravures, 14 p.

87 — Caricatures parisiennes, Goût du jour et autres, 11 p.

88 L'Artiste, 32 p. diverses. Belles ép.

89 La grande crosse épiscopale, d'ap. Israel de Mecken. Belle ép. avant l. l.

Hord   Ferrand   Rose   Loign

14 50   15   6 25   9 50 16 79 25

                                        3 25

3 25

4

1

7

2

13

3

5 50

____

14 50   16   6 25   15 ·   17 13 75

Law   Ross   Ferrand   Jardin

1713 75   15   6 25   16   14 50
            8
            3 75
    4

            4 25

            8

            2
            3 50

1

            7
            3 50
            1 50

            4
1787 75   60 50   6 25   16   14 50

ILLUSTRATIONS, VIGNETTES, PORTRAITS.

90 Buffon, figures coloriées, 175 p.

91 Sujets d'histoire naturelle, sur bois, ép. chine volant. 31 p.

92 **Cooke** et autres vues d'Angleterre et marines, 9 p.

93 **Desenne.** Jolis petits dessins pour vignettes à la sepia et encre, 5 p.

94 **Desenne** (D'ap.). OEuvres de Voltaire, 70 vignettes et 17 portraits avant l. l., chine, 6 vignettes sont avec l. l., 4 blanc, 2 chine, en tout 86 p.

95 **Desenne.** Vignettes pour Molière, 17 p.

96 **Desenne.** Vignettes pour divers ouvrages, avant et avec l. l., et eaux-fortes, 90 sujets sur 15 feuilles.

97 **Dutertre.** Portraits des personnages qui ont fait partie de l'expédition d'Egypte, sur chine 100 p.

98 **Fragonard** (Compositions de Th.). D'ap. les anciens maîtres, 21 p. pour la vie de Jésus-Christ, lithog. par Challamel, in-4.

99 **Garland** (d'ap.). Cathédrales de France, vues extérieures, intérieures et plans de Beauvais, Chartres, Evreux, Rouen, etc., 38 p. gravées en Angleterre.

100 **Grandville**. Fables de Florian, 19 p. sur
bois, ép. d'artiste, Chine volant.

101 — Les Animaux peints par eux-mêmes, vign.
sur bois, épr. d'artiste, Chine volant, tirage à
6 exempl., 131 p.

102 **Heath**, d'ap. Westall, 6 vign. sur Chine, gr.
papier.

103 **Johannot** (d'ap. Tony). Huit vignettes reli-
gieuses gravées par Revel et 3 autres d'ap. Deveria ; en tout, 7 p. sur Chine, avant l. l., grand
papier.

104 — Douze vign. et un portrait pour Lafontaine,
13 p. avant l. l., grand papier. Les noms d'artistes à la pointe.

105 — Vignettes anglaises pour le vicaire de Wake-
field, ép. avant l. l., 10 p.

106 **Johannot** et **Deveria**. Quinze vignettes
pour les œuvres de Casimir Delavigne, dont un
portrait.

107 **Johannot**. *Raffet*, *Scheffer*. Histoire de la
Révolution de M. Thiers, publié par Furne, 23
vign. et 26 portr. sur Chine, grand papier, épr.
de choix ; en tout, 49 p.

108 — Vignettes sur bois pour la Jérusalem déli-
vrée, pap. de Chine volant, ép. de choix, 15 p.

109 — Vignettes sur bois pour divers ouvrages.
Très belles épr. d'artiste, Chine volant, 37 p.

110 **Keepsake**. Choix de vignettes, ép. sur Chine,
grand format avant et avec l. l. 20 p.

Ferrand   B   Lévigne

~~14 5~~ ~~16~~   ~~6 55~~   60 50 1717 75
Bened
1   3 ..
1   14

                                              1 .50

                                              4 25

8

                                         5 50

                                         3

                                         14 50

                                           2 50
                                      1
                                           2 25

                                                      8

8   105 25 1735 50

Banard

1798 50 105 25   8

      2

        1

          5

    5

            12   Lib.XV.

    3 50

          5 50
          4 75

          6 50

          2

          1 75
____
1742 ·· 143 75   8

111 **Lefevre** et autre. Portraits de Napoléou et vignettes, batailles, etc. Belles ép. Chine, 9 p.

112 **Lemud** et autres. Vignettes sur Chine volant. Très-belles épr. d'artiste pour Notre-Dame de Paris.

113 **Luyken** (J.) Histoire des Juifs de Flavius Joseph, Amsterdam, 1698. 126 p. et 32 par Caspar Luyken ; en tout, 158 p., relié en vélin.

114 **Martens, Turner**, etc. (d'apr.) Vues et vign. angl. avant l avec l. l. Chine, **gr.** papier, 16 p.

115 **Moreau** (d'ap.) Vignettes pour les lettres à Emélie, avec le portrait de Demoustier. 36 p. Beau vol. maroquin rouge doré sur tranche, il y a des témoins (Bozerian je).

116 — Desenne, etc. 43 vignettes pour divers ouvrages.

117 — Métamorphoses d'Ovide. 140 vignettes br.

118 **Célestin Nanteuil**, etc. Les rues de Paris, vign. sur bois, épr. d'3rtiste sur Chine volant. 30 p.

119 **Portraits** pour joindre à l'histoire du règne de Louis XVI et la Révolution, publiés par Furne et autres, sur Chine. Grand papier, épr. de choix.

120 — Portraits en pied de peintres italiens, d'apr. Deveria, 9 p.

121 **Retzsch.** Le dragon de l'île de Rhodes de Schiller. 15 p. au trait, in-4.

122 **Rogier** (d'apr.). Par Blanchard et Fauchery, 20 vign.

123 **Schroeder**, etc. Vues de Venise, Rome, Jérusalem. 7 vig. sur Chine evant l. l. Grand pap.

124 **Tellier** et autres. Fumets des vign. sur bois, pour le Roland Furieux, 43 p. Chine volant, exempl. unique.

125 **VERNET** (H.) et **Desenne**. Vignettes pour les œuvres de Molière, 17 p. avant l. l. Chine, 12 avec l. lettre Chine et 3 portraits ; en tout, 32 p.

126 **Vignettes** sur acier des vues de Paris, publ. par Furne, 17 p.

127 — Vignettes pour Béranger, 52 p. dont le port. gravé par Pannier.

128 — Vignettes sur bois pour le théâtre anglais, 24 p., ép. l'artiste sur Chine volant.

129 — Vignettes et portraits recueillis pour les œuvres de Châteaubriand, 47 p. Très belles ép. sur Chine.

130 — Vignettes sur bois, pour les souvenirs d'un aveugle, épr. d'artiste Chine volant, 24 p.

9   143 75   174 ..
                       3 50

                                4 50

                      17

                       8 50

    2 50

                                17 50

                       3 25

                      12

                       1 75
____
10 50   188 75   176 4 ..

1766 — 188 75

1

1 75

5

3 50

6 50

3 50

1

____
1772 75 202 25

RECUEILS, OUVRAGES A FIGURES.

131 **Adhemar**. Traité de perspective, 1836, vol. de 62 pl. carton.

132 **Aligny** (Th.) Vues des sites les plus célèbres de la Grèce antique, dessinés sur nature et grav. à l'eau forte, 10 pl. et 5 feuilles de texte, grand in-fol. Très-bel exempl.

133 Antiquités mexicaines, 11 pl. avec texte, in-fol. Expéditions du capitaine Dupaix.

134 Archives nobiliaires universelles, par M. de Magny. 1 vol. broché avec 6 pl. d'armoiries coloriées.

135 **L'Artiste**. Album cartonné de 20 p. Grand pap., d'apr. Charlet, et aux-fortes de Penguilly, etc., etc.

136 **Aubry** (Ch.) Esquisses historiques de différents corps de l'armée française, 16 pl. et titre, in-fol. d.-rel.

137 **Becchio**. Descrizione dei monumenti sepolcrali cibori et altari del secolo XIV et XV. — Monuments sépulcraux des XIV et XVe siècles, 42 pl. au trait, vol. carton.

138 Berlin et ses environs, 32 p., a deux vues gravées sur chaque feuille.

139 **Blondel**. Marché Saint-Germain, in-fol. cart.

140 **Bouquet** (Michel). Scotland, the Tourist's Rambie in the Highland's. 24 p. lith. avec teinte, in-fol. Londres, 1851.

141 **Canina**. L'architettura Antica, Roma, 1839, 1 vol. in-fol. demi-rel.

142 **Canuti**. Pitture di Girolamo Pennachi, Histoire de saint Antoine de Padoue, in-fol. Bologne, 1838.

143 **Charle**. Nouvel atlas national de la France. Dauty, 1835, vol. in-fol., demi-rel.

144 **Coignet** (d'apr.) Vues pittoresques de l'Italie lithographiées par les meilleurs artistes. 60 pl. in-fol. Chine, broché, 1825.

145 **Cruikshank**. The Bottle et the Drunkard's Children, 21 p.

146 **David** (Jules). Sagesse et inconduite, album moral. 12 sujets lithog. représentant les suites de la bonne et mauvaise conduite chez les femmes, publié sous le patronnage et dédié à M. Benj. Delessert.

147 **Delespine**. Marché des Blancs-Manteaux, avec le portrait de l'auteur, in-fol., carton.

148 **Deville** (A.) Essai historique sur l'église et abbaye de Saint-Georges de Bocherville. Rouen, 1827, vol. avec planches, gr. in-4, broché.

149 **Dorst** J.-G.-L), architecte, recueil d'armoiries, allemandes, polonaises et autres, 261 armoiries coloriées sur 84 feuilles dans un portefeuille. Gorlitz, 1845.

202 25 1772 75
16
5
3 25
7 50
13 ..
6 ..
6 50
1 50
1 50
10 50
228 25 1807 50

1817 50 228 25
   10
          5
          9
   6
   8
   6
          3

   3

          5
____
1855 50 245 25

150 **Du Moncel** (Th). Le Manoir de Tourlaville, 14 pl. lithog. et texte in-fol. Curieux.

151 L'Egypte, environ 130 pièces du petit ouvrage de Denon.

152 L'Egypte, plus de 450 feuilles du grand ouvrage de l'expédition.

153 Exposition de l'industrie française, 1844, 2 vol. dem.-rel. maroq. vert, contenant 80 p.

154 **Frommel** (d'ap.) Tyrol. Vues d'après nature, gravées de châteaux, d'Inspruck, Salsbourg, etc. 12 p. in-fol.

155 **Harding**. Lessons on art. 6 livraisons, ouvr. complet de perspective et paysage.

156 **Hastrel** (Ad. d'). Album de l'île Bourbon, choix d'études, sites, etc. 15 p. lith., avec texte, in-fol.

157 **Imbard**. Tombeau de Louis XII, 10 planch. Tombeau de François Ier, 20 p. avec texte et 3 p. de Villemain. Armure de François Ier. En tout 33 p.

158 **Laurens** (J.-B.) Souvenirs d'un voyage d'art à l'île de Majorque, ouvrage accompagné de 53 vues, monuments, costumes, etc., in-8, br.

159 — Monuments de quelques anciens diocèses du Bas—Languedoc, expliqués dans leur histoire et leur architecture, par M. J. Renouvier, 1 vol. in-8, br. contenant 57 pl. Montpellier, 1840.

160 **Maugendre** (A.) Société anonyme des mines et fonderies de la Vieille-Montagne, album de 30 vues lith. rehaussées de couleur, prises en Belgique, Prusse et France, où se trouvent les divers établissements, in-fol., cartonné.

161 **Menand**. Traité de la coupe des pierres, en 6 parties, 1780, vol. in-fol. fig. broché.

162 Monuments des victoires et conquêtes des Français, par C. Normand. *Paris*, *Panckoucke*, 1822. 1 vol, pet. in-fol. obl. d.-rel. mar. r.

163. Nederlandsche kleederdragten, Zeeland, enz. Costumes hollandais, 6 liv. de 4 pl. chaque, et une feuil. de texte hollandais et français, in-fol. *Amsterdam*, 1854. En tout 36 pl. coloriées.

164 **Parboni**. Nouveau recueil des vues de Rome et ses environs. 50 p. in-fol.

165 Saint-Pétersbourg et ses environs. 36 pl. gr. in-8, grav. et publ. par *Velten à St-Pétersbourg*.

166 **Schultz**. D'ap. Meyer. Vues pittoresques des palais et jardins impériaux aux environs de St-Pétersbourg. 22 pl. in-fol. imp. avec teinte, publié par *Velten à St-Pétersbourg*.

167 Souvenirs de la Pologne, album colorié de sujets historiques anciens et modernes. 26 p. lithog. par les meilleurs artistes.

168 Voyage pittoresque en Bourgogne, Côte-d'Or et Saône-et-Loire, 1re et 2e part. en feuil. Texte et planches 128 p. en tout.

245 25   1855 57
              8

              1

          6 50

                    20

                    4 50

                    10

                    10

                    11
____
252 75   1989 .

1989

8

11 50
16 50
1 75
______
1956 75

169 Voyage pittoresque dans l'ancienne France, de
M. le baron Taylor, Dauphiné, etc. 75 pl. et
49 fenill. de texte, avec entourages, in-fol. avec
les fins de pages par Célestin Nanteull, etc.

170 **Watts** (W.). The seats of the nobility and
gentry, collections de châteaux et jardins anglais
les plus pittoresques et les plus intéressants,
avec description. 1 vol. in-4, obl. 84 pl. Chelsea,
1779, d.-rel.

171 Deux bouquets de fleurs, brodés en soie, en-
cadrés.

172 Sous ce numéro l'on vendra au commence-
ment et à la fin de la vacation plusieurs lots de
vignettes, lithograph. et portraits modernes, etc.
que le temps n'a pas permis de cataloguer.

Maulde et Renou, imprimeurs de la Compagnie des Commissaires Priseurs,
rue de Rivoli, 144.

1856   Vente du 11 avril

62   M Aubry   4 ..
56   M Delbergue Cormon   6 50
      M Lavigne   264 50
      la vente   2195 75
                total   2470 75

Bordereau Vignerons   272 25
                        13 65
                      ƒ 285.90

1856   Vente du 11 avril
    62   M Aubry   4 ..
    56   M Delbergue et mon   6 50
         M Lavigne   264 50
         la vente   2195 75
                total   2470 75

Bordereau Vigneres   272 25
                         13 65
                       f 285.90

Papier pour chemise Milan .   1- 50
Transport par les commissionaires
  à l'hôtel

Vente du 11 avril 1856

Monsieur Delbergue Cormons

Nº 56.   2 lithographies   5 - 50

M. aubry
62   d'ap. Ingres par Balze   4 .

Il me faut le Bordereau
Vente des 17 - 18 Mars
Dessin que j'ai payé   4 . 20

Diamant=   12 . 60

1856

Bordereau 11 avril

45   Portraits   Truan   1
N° 65   Langlois Van de Rouen   2   50
    72   Charles   Caveau   3   50
    8?   Dessin de l'armée Mad. Purtha   13   ..
    8?   Caricatures   Van Imbremm   3   ..
    88   Carlisle 32 p.   5   5?
    89   La Brosse   2   50
    90   Buffon   Durand   8   ..
    94   Dessins   M. Durand   ?   ..
    9?   D°   M. Durand   3   50
    97   Intérieur Portrait ancien   ?   ..
    ??   D°   D°   Idem   3   50
    9?   parloir cathédrale   4   ,
    102   Heath   M. Durand   1   50
    103   Johannot   M. Durand   4   25
    107   D°   M. Durand   ?   50
    115   Moreau   M. Leblanc   12   ..
    119   Portrait   M. Durand   6   50
    151   l'Égypte   M. Mirland   5   ..
    152   l'Égypte   M. Mirland   82   ..
    153   Exposition   M. Corinne   9   ..
    160   Maugendre   M. O.   8   ..

9[?]	[illegible] Portrait [illegible]		..
[?]	D.[o] [illegible]	3	50
9[?]	garland [illegible]	4	,
10[?]	[illegible]	M [Durand]	1	50
10[?]	[illegible]	M [Durand]	[?]	25
10[?]	D.[o]	M [Durand]	[illegible]
11[?]	Moreau	M [Leblan]d	12	..
11[?]	Portrait	M [Durand]	6	50
[1]51	[illegible]	[illegible]	5	..
152	[illegible]	[illegible]	[illegible]	..
[1]5[?]	[illegible]	[illegible]	[?]	..
16[?]	Maugendre	M. O.	8	..
10[?]	Nederlandsche	M. [illegible]	20	..
9	[illegible]	.M O.	60	..
10	Napoleon	M O	11	..
~~[illegible]~~		~~25~~	..
15	Pa[illegible]	M O	4	..
17	[illegible] d'oreille	M O	1	..
18	artiste		9	..
[Durand]	2[5] artiste		4	50
Ros. n° 2	2[5] portrait		7	..
Ferrand	7 Denon		1	50
Ferrand	[illegible] Costume		1	..
Ros. n° 3	12 [illegible] Portrait		2	50
		27[?]	[?]5
		[?]3	65
		28[?]90	

Aubry

62 Bahr d'ap Ingres 4.

Aligny

132   12. 50

Bachou

39 2 m. noir   1 - 50

D'Alberque

56. 2 lithog   6. 50

Tessari

62 2 Martin Lamb... 2 -

J. E. V.   11 avril
74 Mongez   5 - 50
79 Prudhon   10 -
80 roi's ... thon   1 - 50

Aubry
62 Bather d'ap Ingres 4.

____
Alégny
132   1 2. 50

____
P. Huon
39 2 m. noir   1 - 50
____
De Bergue
.. ..   1 -

2470 75
275
2195 75

1611.70

2470 75
275
2195 75

1611-70